MARGIT RAEDEL

Timpetu

gezeichnet von Irmhild und Hilmar Proft

Altberliner Verlag

Es war einmal ein Kätzchen, das war winzig klein. Es hieß Timpetu und hatte ein schneeweißes Fell. Nur sein Köpfchen war schwarz, kohlrabenschwarz. Und in dem schwarzen Köpfchen waren soviel Dummheiten wie Äpfel auf dem Baum.
Seine Mutter aber liebte ihn sehr. Tag und Nacht sorgte sie sich um den kleinen Frechdachs. Sie hatte kaum noch Zeit, ein Schläfchen zu machen.

Was stellte Timpetu auch alles an!
Er kletterte die Bäume hoch.
Er kroch durch ein Ofenrohr.
Er turnte sogar auf dem Hausdach herum.
„O Himmel“, schrie die Katzenmutter, als sie das sah, und sie wurde gleich dünn wie ein Mohnblatt vor Schreck.

Ein Kindchen macht viel Arbeit.
Wenn Timpetu schmutzig war, leckte sie ihn säuberlich ab, vom Schwanz bis zum Bart.
Wenn er weinte, schnurrte sie ihm Trostworte zu.
Wenn er müde war, erzählte sie ihm eine wunderbare Geschichte, die war fast sieben Katzenschwänze lang.
Die arme Katzenmama hatte sehr, sehr viel zu tun.

Eines Tages war sie zum Umfallen müde, da bat sie den Igel:
„Paß doch bitte auf Timpetu auf!"
„Was krieg ich dafür?" knurrte der Igel.
„Mäuseschwanzsuppe", sagte die Katze.
„Da komme ich gleich", schnaufte der Igel, und er paßte den ganzen Tag auf Timpetu auf. In der Nacht aber, als alle schliefen: die Katzenmutter, Timpetu und auch die Fliegen an der Wand, schlich er heimlich auf die Mäusejagd.
Da wachte Timpetu auf und lief ihm neugierig nach. Und auch die Mutter wachte auf und rannte ängstlich hinterher. Hier laufen die drei durch die Nacht. Das schlaue Mäuschen aber, das sie fangen wollten, sprang kichernd hinter ihnen her, und so fingen sie es nicht.
„Troll dich, Igel!" sagte die Katzenmama nach diesem Ausflug,
„so einen Nachtbummler brauchen wir nicht."

Am nächsten Tag kam der Hahn. „Ich habe gehört, daß ihr jemand zum Aufpassen sucht. Was gibt es zu essen?“

„Regenwurmnudeln“, sagte die Katze.

„Da komme ich gleich“, gockte der Hahn.

Er wich keinen Schritt von Timpetus Seite. Den ganzen Tag paßte er auf. Die ganze Nacht paßte er auf. Früh am Morgen jedoch, als alle schliefen: die Katzenmutter, Timpetu und auch die Fliegen an der Wand,

schrie er aus vollem Hals: Kikeriki!
Die Tiere erschraken. Die Fliegen purzelten von den Wänden herab. „Troll dich, Hähnchen!" sagte die Katzenmama, „so einen Schreihals brauchen wir nicht."

Da kam Petra. Sie fragte nicht viel. Timpetu bekam ein rotes Band um den Hals. Dann spazierte sie mit ihm die Straße auf und ab und ab und auf, den halben Tag, aber die Leute sahen kaum hin.
„Etwas größer könntest du sein“, maulte das Mädchen, „dann falle ich mehr auf.“
Und da hatte sie eine Idee. Sie füllte ihre Gießkanne mit Wasser und spritzte Timpetu naß, durch und durch naß.
„Nun wachse!“ lachte sie dabei.
Das Kätzchen schrie Ach und Weh.

Da kam der kleine Tim. Tim und Timpetu hatten sich gern. Tim war ein Fachmann für Katzen.
Er band das dumme Band von Timpetus Hals, denn so eine Katze ist doch kein Hund.
Er sagte jeden Morgen: „Guten Tag, mein lieber Freund!“
Er gab ihr pünktlich die Milch.
Er spielte mit ihr, sie spielte mit ihm. Und er verlangte nichts dafür.

Es ist schön, gute Freunde zu haben, dachte die Katzenmutter. Jetzt fand sie wieder Zeit, sich aufs Ohr zu legen, um ein Schläfchen zu tun.
Im Garten aber fielen die reifen Äpfel ins Gras, Stück um Stück. Sie waren saftig und rot und schmeckten herrlich.